魔法图书馆

红发安妮战黑魔法师

［韩］智逍莉/著

［韩］李景姬/图

赵英来/译

海峡出版发行集团

海峡文艺出版社

每当作家用心创作出一部妙趣横生的作品时，

幻想王国中就会诞生与作品相应的故事王国。

人们所知道的故事中的主人公，也都

生活在幻想王国相应的故事王国之中。

一天，黑魔法师偷偷溜进知识场图书馆（魔法图书馆）中，把管理图书馆的魔法师托尼变成史莱姆，试图偷走具有强大魔力、能够统治幻想王国的黄金书签！

万幸的是，黄金书签具有自我保护能力，在黑魔法师到来之前预感到了危险，早已四散到各个故事王国中去了。

魔法书具有神奇的力量，能将散落各处的黄金书签收集在一起。现在，请让我们带上魔法书出发吧。

托尼

甘妮

和做事总是出人意料的妹妹一起，为了解决幻想王国主人公的矛盾而努力。酷爱读书，善于沉着冷静地分析问题，寻找出解决方法。

尼妮

经常突发奇想，做出意想不到的事情。但是勇于担当，能够对自己所做的事情负责。以其独特的想法帮助大家解决各种麻烦。

安妮·雪莉

性格开朗，语言能力突出，喜欢幻想，并且想象力丰富。但是，突然有一天开始沉默寡言了。难道是被黑魔法师诅咒了吗?

戴安娜

安妮最好的朋友，善良、亲切，也很聪明。脸蛋总是红扑扑的。和安妮第一次见面开始，两人就成为无话不谈的知心朋友。与安妮几乎形影不离。

吉尔伯特

学习成绩优异，擅长运动，是学校里人气很高的男生。经常做恶作剧，所以和安妮的关系不太好。但是，在甘妮和尼妮面前吐露了心声……

绿山墙农舍里的人

玛丽拉阿姨

马修叔叔

巴里夫人

巴里先生

林德太太

目　录

我想让智友最喜欢我送的礼物。但是这里没有我满意的。

上次宥利送花的时候，智友说花很漂亮，后来两个人也变得更亲密了。

尼妮，无论你送什么，她都会很开心的。

从幼儿园开始我跟智友就是最好的朋友……

我们一起去游乐园，还每天一起写作业。

周末也在一起闲聊……

现在不是这样吗？

现在我们的关系也很好，但是……

我怕智友更喜欢和其他朋友玩儿。

所以很担心！

别担心，尼妮。智友和你可是最好的朋友啊！

应该是吧！

这是什么声音？

姐姐，好像是魔法书里传出来的声音。书一直在晃动！

你怎么又把魔法书带出来了？

最好的朋友！

甘妮和尼妮轻轻落在一片草地上，脚下软软的触感让人很舒适，仿佛踏着大自然的床。青草地散发出一股清新的气息，草地上点缀着各种各样的花朵，这里给人一种宁静恬淡的感觉。

"姐姐，那边有个人。红色的头发，梳着两条辫子……"

听了尼妮的话，甘妮眼睛一亮。

"红色头发和绿色屋顶的房子！这里应该是《红发安妮》的国度吧？我当时看那本书看得很入迷！安妮是一个纯真开朗、有点倔强，还很爱说话的可爱女孩。"

性格开朗？给人的感觉不像那个样子啊？

那个蹲坐着的人好像就是安妮。

刚刚她是不是说"黑暗"来着？她是在念黑魔法的咒语吗？

咒语？难道安妮被黑魔法师控制了？

这也不好说。我感觉跟你当时被诅咒时的状态差不多。

尼妮，求你忘了那件事儿吧！

　　甘妮和尼妮寻找着靠近安妮的机会。这时，棉花糖从甘妮怀里蹦了出来，一边追赶蝴蝶，一边向安妮跑去。安妮看到棉花糖后擦了擦眼泪，问道："可爱的小狗，你是谁啊？"

　　甘妮小心翼翼地走了过来，说："小狗是我的妹妹棉花糖。我们是甘妮和尼妮。"

　　尼妮接着说："你不会是红发……"

　　甘妮快速地捂住了尼妮的嘴。然后在尼妮耳边小声说道："嘘！安妮非常讨厌'红色头发'这几个字。"

尼妮挥了挥手说："我不是这个意思。我是说……那个……"

甘妮赶紧插了一句话："她是想问你，有没有见到过蓝色的史莱姆。就是史莱姆·托尼。"

尼妮也在旁边使劲儿地点了点头。安妮哽咽着说："是知识场图书馆的托尼吗？刚才托尼来找过我……但是我没有心情跟他聊天……"

安妮再也说不下去了，呜呜地哭了起来。甘妮看到这样的安妮既惊讶又心疼，她轻声安慰道："你怎么了？是发生什么事情了吗？"

安妮的眼泪像断了线的珠子一样，一粒一粒地从眼眶里掉落下来，她说："我安妮·雪莉，现在心如死灰。我再也见不到我最好的朋友戴安娜了。从此以后，我的人生就只剩下无尽的黑暗。"

　　甘妮紧紧抱着安妮的肩膀，喃喃自语道："太可怜了。不过幸好没有被黑魔法师诅咒。"

　　安妮吃惊地瞪大了眼睛，说："你是说黑魔法师！我虽然想了很多种办法，但是还没有坏到要用黑魔法。我绝对不会跟那些坏人同流合污的！"

安妮接着说："我宁愿这就是黑魔法的诅咒。如果我是被诅咒了的悲剧主人公的话，反而会更好一些。自从来到绿山墙农舍，我以为我的不幸人生已经结束了……"

"她在说什么呀？"听到安妮的话，尼妮摇了摇头。

甘妮亲切地问安妮："安妮，你跟戴安娜吵架了吗？能告诉我发生什么事情了吗？"

安妮停止了哭泣，但仍然带着哭腔说道："这都是因为吉尔伯特。"

尼妮反问道："吉尔伯特？"

安妮点了点头，接着说："吉尔伯特是我们学校最受欢迎的男生。虽然他很擅长学习和运动，但是平时总喜欢戏弄人。他有事没事总是来烦我，尤其今天真的很过分！于是我忍无可忍，用石板砸了吉尔伯特的头……"

你太过分了！

呃！

对不起，打断一下。姐姐，石板是什么呀？

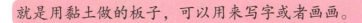就是用黏土做的板子，可以用来写字或者画画。

那一定很坚硬吧！安妮，你是用那东西打的吗？

嗯……但我不是无缘无故打他的！吉尔伯特对我做了……

23

安妮向甘妮和尼妮解释了今天发生的事情。

"今天早上阳光明媚，暖洋洋的阳光照在软绵绵的草地上。也许是因为天气的缘故，大家的心情都很好。而且菲利普老师给了我们充足的自由活动时间。男生们在草地上开心地踢球。

胖胖的精灵？哪有那样的呀？

"女孩子们也来到户外，一起坐在树下聊天。鲁比兴致勃勃地看着男孩子们踢球；还有几个人热烈讨论着是否有胖精灵的事情。简说精灵绝对不能胖，也不能吃饭、上厕所。这时，帕伊姐妹站了出来，与她针锋相对。帕伊姐妹平时总是自以为是，所以哪怕她们说得对，大家也都不以为然。我没有参与她们的讨论。精灵做的事情和外貌到底有什么关系呢？所以我就……"

 　　我回到教室，想要看看书。这时我看到储物柜前面站着一只山羊，它正将脑袋扎进我的柜子里，还发出了咯吱咯吱的声音。我赶忙跑过去拉开山羊……但是为时已晚，我的储物柜里的书已经全都被撕烂了！

天啊！山羊吃了你的书？太不可思议了！

储物柜里有我最喜欢的词典！

你最喜欢的书竟然是词典，这怎么可能！

　　这时上课铃响了，同学们陆续走进教室。听到吵吵嚷嚷的声音，山羊嗖地跑了出去，而我拿着撕破了的词典愣在原地。但是就在这时，吉尔伯特走进了教室，他看到我后撇嘴笑了一下。我这才明白，原来是吉尔伯特为了让我吃苦头，所以才将山羊弄来的！

太过分了！

吉尔伯特？不会吧！

那吉尔伯特为什么对着我笑？你们没看到吉尔伯特那得意的表情。

吉尔伯特真的会做如此严重的恶作剧吗？

大家也都那么认为，都说吉尔伯特不可能做那样的事情。但是我知道，他就是嫌疑人！以前他也嘲笑我是"胡萝卜"，还拽我的辫子！

嗯，看来吉尔伯特一直在欺负你。

不管怎么说，用石板打吉尔伯特的头，我确实做得不对。我性格有些急躁，当时可能太冲动了。但是菲利普先生竟然让我在黑板上写"安妮·雪莉是个坏脾气的人"，这是不是太过分了？

在大家面前吗？那实在太过分了！

我伤心的原因不在于此，而在于戴安娜对我的态度。

戴安娜怎么了？她不是你的最好的朋友吗？

是啊。但是这件事情以后，戴安娜好像对我很失望。我被菲利普老师狠狠训了一顿，班级同学还对我发出了嘘声……我委屈地看向戴安娜……结果……戴安娜避开了我的眼神！

她竟然转过头去了，戴安娜！

安妮握紧了拳头说："如果时间可以倒流的话，我会原谅吉尔伯特！哪怕这是第七次，我也会原谅他！我再也不会用石板砸他的头，我会默默忍受这一切。如果能和戴安娜重归于好，我什么都愿意去做！"

我没有戴安娜，真的活不下去！一想到戴安娜总有一天会结婚并且离开这里，我就难过地直流眼泪。没想到我们现在竟然变成这样！

我了解你的心情。一想到智友和其他朋友亲近，我也会控制不住地伤心。

说完，安妮的眼眶里立刻涌出了大粒大粒的眼泪，然后她放声大哭起来。

尼妮也跟着号啕大哭。

甘妮看着安妮和尼妮，无奈地摇了摇头。

"你们不要哭了，可以吗？再这么下去，就像在神奇王国里的奇妙之家一样，我们又要被眼泪的海洋吞噬了。"

甘妮接着说："那时候我们不是也找到解决办法了吗？现在也一定能够找到方法。"

甘妮仔细想了想后，突然睁大了双眼。

 **尼妮，把魔法书给我。**

这不是花吗？

幸福会像花香一样蔓延开来。

哦，这个不错。

呵呵，你也要好好读书啊。

这花叫小苍兰。你闻一闻。

好香啊！我想马上把它送给戴安娜。我们俩都很喜欢花，还经常在田野里一起闻各种花香……那样的日子，以后还会有吗？

姐姐，安妮又要哭了。

那么，这次该轮到我了！

 好期待你拿出来的东西呀！

 心情郁闷时，要吃肉；情绪低落时，吃甜食！

天啊，世上竟然还有这种美味！真想跟戴安娜一起分享啊！以前我们连一颗豆子都会分着吃……

等下次我再变出来，到时候你拿给戴安娜吧。

33

安妮，你喜欢音乐吗？要不要听听这个？

 这么小的东西里竟然能播放出音乐？太神奇了。

 姐姐，放一首节奏欢快的舞曲吧。

 哎哟，简直太快了。我一句都没听懂。

 那这个怎么样？是一首甜美的抒情歌曲。

歌词好美啊！我得把它记下来，到时候唱给戴安娜听。

34

安妮，你的心愿是什么？

 怎么了？你想成为神灯精灵，然后帮助安妮实现愿望吗？

 不是的！我才不要进入神灯里。

 我此生最大的心愿就是拥有一头乌黑的头发。

 那倒是简单！不是有假发吗？

哇，我竟然也能拥有黑头发，不过怎么有点……

有点不像你本人是吗？

是的，我觉得还是回到原来的样子比较好。

 没错，这才是红发安妮啊！

啊，尼妮，不能说那句话……

 什么……你说什么？红发安妮！我的头发虽然是红色的，但它不能指代我的身份。

对……对不起。我不是那个意思……

"红色头发"是我最不喜欢听到的。不管什么时候听到，我都会难过。我想一个人静一静，你们走吧。

36

安妮垂下头向家的方向走去。

尼妮哭丧着脸说："都怪我搞砸了。安妮的心情刚刚好起来……看来我们只能自己去寻找黄金书签了。"

甘妮紧紧搂着尼妮的肩膀，说："安妮会理解你的。人与人之间的真心是互通的。别灰心，我们为了安妮一起加油吧。对了，我突然有一个好主意。"

甘妮写了一张纸条留给了安妮。

第三章 真心是互通的

　　甘妮和尼妮从魔法书里拿出了绿山墙农舍的地图，两人确定了戴安娜家的位置后就出发了。

　　尼妮忧心忡忡地询问甘妮："姐姐，找到戴安娜就能解决问题吗？"

　　甘妮用十分平静的口吻说："安妮伤心难过的最大原因是，她与戴安娜的关系破裂了。只要解决这个问题，说不定其他问题就迎刃而解了。"

　　听了甘妮的话，尼妮思考片刻说："现在戴安娜的心情也不会好受吧。"

　　甘妮和尼妮虽然急匆匆地赶路，但脚步并不轻松。无忧无虑的棉花糖在前面开心地蹦蹦跳跳。这时姐妹俩的眼前出现了一条溪流。走过独木桥跨越小溪后就看到了戴安娜的家。那是一栋布置得整整齐齐、干净利落的房子。

甘妮和尼妮仔细地环顾着房子。两人走进后院后发现了戴安娜。此时，戴安娜正低着头独自坐在秋千上。姐妹俩慌忙躲到角落里。

戴安娜肯定也和安妮一样伤心吧？

那我们帮助戴安娜回忆一下与安妮在一起时的点点滴滴，怎么样？

如何回忆？

我们刚刚走过的独木桥下有一眼泉水，安妮和戴安娜给它起名为"德鲁亚德泉"。她们曾经一起摘过紫罗兰，在白桦林里建玩具屋，还分享水果蛋糕和饼干……

哇，姐姐的记忆力可真好！是因为认真记读书笔记的缘故吗？

这简直就是小儿科。我们用手机将两人美好回忆的地方拍下来，然后把照片打印出来，再带给戴安娜吧。

好主意！再摘一些紫罗兰。

好，紫罗兰的花语正好与现在的情况相契合。

甘妮和尼妮将准备好的照片和花放在戴安娜家的门口，然后敲了两下门，赶紧藏了起来。

咚咚！

"哎！是谁啊？难道……"戴安娜疑惑地走到门口。但是门口却不见有人。

"难道是我期待的人来了……"戴安娜失望地垂下了脑袋，这时她注意到门前摆放着什么东西。戴安娜一张一张翻看着照片，不一会儿眼眶就泛红了。

"这些都是和安妮充满回忆的地方。还有紫罗兰……安妮说过，紫罗兰的花语是'请记住我'。她还说哪怕自己死了也要记得她……"

回忆如泉水般涌出，眼泪一滴一滴落在照片上。

滴答——滴答——

"安妮……"

德鲁亚德泉、白桦林……这些都是曾经跟安妮一起经常去的地方。

　　戴安娜深深地叹了一口气，然后温柔地将照片和花抱进怀里。

　　甘妮看到戴安娜的反应后，说："好的。第一阶段成功！"

"棉花糖，棉花糖，你在哪里啊？"

尼妮假装在寻找棉花糖，慢慢走近戴安娜，问道："你看到我家小狗了吗？那个，如果打扰到你的话，实在抱歉。"

甘妮跟在妹妹后面，打着招呼："你好，我们是甘妮和尼妮，是从其他地方穿越到这里来的。"

戴安娜用温柔的声音说："很高兴见到你们，我是戴安娜。"

戴安娜简单打了个招呼，便转身准备回家。这时，甘妮急忙跟戴安娜搭话说："你不想跟我家棉花糖一起玩儿吗？"

戴安娜犹豫片刻后点了点头。她蹲下身子跟棉花糖说："你也知道我在难过，所以来安慰我，对吗？"

尼妮反问道："你是说难过？有什么事情吗？"

"没有，没有。我不该跟你们说这些话。"戴安娜摆了摆手说。

甘妮小心翼翼地试探着问："那么我作为旅行者想要问你一个问题。这里的主人公安妮·雪莉是一个怎样的孩子呢？"

听了甘妮的提问，尼妮紧张得咽了一下口水。

"啊，安妮她……"戴安娜缓缓道来。

安妮是一个很有魅力的人。她有丰富的想象力，我们俩都很喜欢阅读，也有很多相通的地方。我很喜欢她。

甘妮和尼妮相视一笑。

戴安娜，你们俩真是最好的朋友啊！

哎，到今天上午为止是这样的，但是现在可能已经不是了。

 为什么呢？难道是发生什么事情了吗？

自由活动时间结束后，我回到教室时正好看到安妮拿着石板砸吉尔伯特的头。老师因为这件事责怪了安妮，同学们也吵吵嚷嚷，还发出了嘘声。无助的安妮看向了我……我当时被吓得大脑一片空白……呜呜。

 戴安娜，慢慢说，没关系！

我把头转了过去。如果是真正的好朋友，在那种状况下不应该这么做，是吧？我和安妮曾经庄严地发誓要成为一辈子的好朋友，直到太阳和月亮都消失为止。但是我……在她最需要我的时候，却视而不见。

46

　　这时，安妮走进了后院。看到甘妮留下的纸条后，她匆匆赶到了戴安娜家。

　　"戴安娜，这不是你的错。"安妮一边向戴安娜走去，一边安慰着她。

　　"安妮！"

　　戴安娜用内疚的眼神和喜悦的微笑迎接着自己的好朋友。

安妮接着说："今天让你失望了。我竟然情绪失控到用石板去打人。我真的后悔极了！我保证，以后再也不这么冲动了。即使我的心情和自尊心受到伤害，我也会为了你忍耐下来。"

戴安娜跑到安妮面前，紧紧握住安妮的手说："不是的，安妮。是我让你失望了。真的很抱歉。"

看到两个人重归于好，甘妮和尼妮露出了欣慰的笑容。

趁此机会，尼妮问道："安妮，现在我终于可以大胆地问你了。你见到过黄金书签吗？"

安妮脸上带着明朗的笑容，回答说："嗯！我早晨出门想要采集一些清晨的露水，结果无意中看到了一个金灿灿的东西。早起的安妮找到了黄金书签哦！我把它夹在最喜欢的书里，也就是那本词典里。黄金书签就夹在以'黄'开头的书页中……"

安妮似乎想到了什么，表情瞬间变得凝重起来。甘妮一脸担忧地问道："难道是放在储物柜里，被山羊吃掉的那本书？"

安妮慌忙回答道："没错，我们得赶紧回去确认一下。"

第四章　黄金书签在哪里

甘妮和尼妮好奇地参观着学校里的各项设施。

"这里跟现在的学校很不一样啊。走廊铺的是地板。走在上面还会发出嘎吱嘎吱的声音，看来谁都不能偷偷溜走了。"

听到尼妮的话，甘妮笑着说："因为这是木造建筑，所以才那样。这里都是只有一层的房子，可真好！我六年级的时候班级在四楼，上上下下不知道有多辛苦呢！"

安妮兴奋地向甘妮和尼妮介绍着学校："这里就是我们的教室。走，进去看看吧。"

"词典啊，你到底在哪里？无论怎样，只要黄金书签还在……"

甘妮和尼妮的心情忐忑不安，两人紧张地直咽口水。

没有黄金书签！

　　安妮仔细翻遍了储物柜的各个角落，然后沮丧地说："难道是被山羊叼走了，或者吃掉了？"

　　戴安娜歪着脑袋问道："山羊到底是怎么进到学校里的呢？"

安妮语气坚定地说："肯定是吉尔伯特带来的，就是为了欺负我！"

戴安娜低声细语道："安妮，吉尔伯特刚才一直在踢球，女孩子们都看到了。"

甘妮用手托在下巴认真地分析着："那他就不能拉来山羊了。吉尔伯特有充分的不在场证明。"

想到之前发生的种种事情，尼妮陷入了沉思，她自言自语嘟囔着："山羊到底是如何进入学校的呢？它为什么偏偏翻了主人公安妮的储物柜？又为什么把夹有黄金书签的书……"

听了尼妮的话，甘妮突然恍然大悟。

 **我知道了，是黑魔法师！**

没错！黑魔法师知道了安妮拥有黄金书签的事情，于是给山羊降下诅咒，让它去找来黄金书签。

啊，太可怕了。黑魔法师竟然来到了我们农舍。

你们说，黑魔法师拿到黄金书签了吗？

现在应该还没有拿到手。目前农舍还很安静，难道这是暴风雨前的宁静？

邪恶的黑魔法师！竟然利用单纯的动物来做坏事。不管怎样，我们要在黑魔法师拿到黄金书签之前找到它。

就凭我们……能找到黄金书签吗？而且要在黑魔法师找到之前？

当然可以了。首先我们要仔细想想，有哪些奇怪的地方。

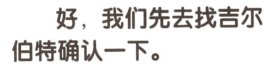
山羊进入学校这件事本身就透露着古怪……

那天吉尔伯特看着我笑了！如果那不是恶作剧的话……难道他知道了一些事情？

好，我们先去找吉尔伯特确认一下。

　　女孩们为了弄清事情的真相，决定一起去找吉尔伯特问个明白。远远望过去，吉尔伯特家有一种愉快的氛围。屋前的枫树叶在微风中轻轻摇曳，仿佛在向大家招手致意。

　　安妮说："我本来决定再也不搭理吉尔伯特了。但是在我们的农舍面临危险之际，我不能够袖手旁观，更不能只考虑自己自尊心。没办法，看来只能得跟吉尔伯特说话了。"

安妮像下定了决心似的握紧了拳头，但是她怎么也迈不开脚步。

时间一分一秒流过，安妮一直犹豫不决，尼妮慵懒地打了个哈欠。这时她才发现棉花糖消失不见了，于是开始焦急地四处寻找。

汪汪汪汪……

棉花糖在后院跟某个人正开心地玩耍。

尼妮走了过去，听到动静的少年回过头来。他是一个英俊帅气的少年，深褐色的头发，鼻梁高挺，身材高挑。尼妮一眼就认出了吉尔伯特。

吉尔伯特先向尼妮打了招呼："你好，我是吉尔伯特。你是这只小狗的主人吗？"

"嗯，我是它的姐姐。"

听到尼妮的回答，吉尔伯特大笑起来。他那洁白的牙齿在阳光下闪着耀眼的白光。看到棉花糖很喜欢吉尔伯特，尼妮认为他应该不是坏人。这时，甘妮寻找尼妮也来到了后院。

尼妮，你怎么突然就不见了？我担心坏了。

对不起，棉花糖不见了，我找它来着。刚才太匆忙，忘记跟你说了。

原来小狗的名字叫棉花糖啊！真是个可爱的名字。这个名字起得很不错。

棉花糖很小的时候是胖嘟嘟、白生生的，浑身都是卷曲的毛，真的很像一团棉花。

我们农场也有一个孩子，像你们一样很健谈，还善于给各种东西起名字。她是个既聪明又有趣的朋友。

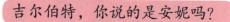
吉尔伯特，你说的是安妮吗？

你们认识安妮？没错，红发少女安妮。她讨厌别人提起她的红头发，谁要是不小心说了，她就会大发雷霆。但是我认为红色头发很漂亮，特别适合安妮。

吉尔伯特，你现在是在赞美安妮吗？你们不是关系不好吗？

我虽然开了几次玩笑……其实我的本意是想跟她变得更亲近一些。

 那么今天的山羊事件也是你的恶作剧吗？

当然不是。我也不清楚怎么一回事。我进到教室时，根本就没看见山羊。安妮突然用石板砸我的头，当时我确实很吃惊。我只是看着她笑了笑，没想到……不过动静虽然挺大，其实不怎么疼。哈哈哈。

但是你为什么看着安妮笑啊？

尼妮一脸疑惑地询问。吉尔伯特支支吾吾地说不出话来。甘妮和尼妮对吉尔伯特的行为感到十分不解。

过了一会儿，吉尔伯特终于开口了："我觉得安妮既有趣又可爱。"

尼妮重复着吉尔伯特的话："嗯，说她很可爱是吧……"

当时，我看到安妮站在储物柜前，眼睛里闪烁着一股无法遏制的怒火，牙齿咬得咯咯作响，好似一头被激怒的狮子。在我眼里，她那个样子既可爱又有趣。

此刻，安妮与戴安娜正在吉尔伯特家门口，等待甘妮和尼妮出来。

　　安妮，听你这么一说，我现在能理解你当时的心情了。一直以来我们都把书当宝贝一样珍惜。无缘无故书被撕破了，如果是我也会很生气的。

　　不管怎样，我在没有弄清楚前因后果时就乱发脾气，这都是我的错。哪怕再生气，我也不该做出那么过激的行为，我太野蛮了，一点也不优雅。

　　安妮，在那种怒气冲天的情况下，女王也很难保持优雅啊。

　　如果不是吉尔伯特做的，那我应该诚恳地向他道歉。嗯，我得这么做。

　　你真勇敢。如果是我的话，会因为害羞，很难向对方开口道歉。

突然周围变得嘈杂起来。一群小朋友来找吉尔伯特。

"你们看，是安妮！她是来找吉尔伯特打一架吧。"

看到安妮和戴安娜站在吉尔伯特家门口，不知是谁大声喊道。喧闹声越来越大，在后院的甘妮、尼妮和吉尔伯特也赶了过来。

"这到底是怎么一回事？"尼妮惊讶地喊道。

甘妮想要借此机会解开安妮和吉尔伯特之间的误会，于是她走到安妮身边，在她耳边低声说道："安妮，吉尔伯特不是嫌疑人。他完全不知道山羊和黄金书签的事情。"

听到甘妮的话，安妮握紧了拳头。

"安妮·雪莉，请求别人的原谅并不丢人。没有勇气承认自己的错误才丢人。我要向吉尔伯特道歉，并且找回自己的优雅！"

安妮心中默默下定决心后，大步走向吉尔伯特。她让自己尽量不注意周围人的目光，鼓起勇气开口说话。

第五章　我的心怦怦直跳

你要说什么？

吉尔伯特，我用石板打了你，实在很抱歉。

你能原谅我吗？

自尊心强的安妮，竟然在请求别人的原谅！

……

吉尔伯特好像还没消气。他还没做好原谅我的准备。但是，我已经在众目睽睽之下请求他的原谅了……他的脸怎么越来越红了？难道更生气了？我该怎么办？

忐忑不安。

为什么我的嘴巴不听使唤，一句话也说不出来？安妮盯着我看，我感觉无法呼吸了。我的心脏也怦怦直跳？

扑通扑通。

他为什么不回答？是没办法接受我的道歉吗？

我的自尊心又受到伤害了，到此为止吧，我再也坚持不住了。

这时，看热闹的汤米插嘴说："吉尔伯特怎么可能原谅安妮呢？他是想让安妮在全班同学面前难看。"

帕伊姐妹用鼻子哼了一下，跟着说道："还得继续请求原谅才行。竟然那么对待吉尔伯特。你不过就是个孤儿。"

"你怎么能说出那么狠毒的话！"甘妮和尼妮勃然大怒。

"对……对不起。我们错了。"

汪！汪汪！

怎么来了一只山羊？

看到甘妮和尼妮激烈的反应，帕伊姐妹们立刻向大家道歉。在这小小的骚乱中，鲁比看向吉尔伯特的眼神突然亮了一下。

"第一次看到吉尔伯特的脸那么红。看起来不像是生气的表情……总之，他还是那么帅。"

这时，山羊从孩子们身后慢慢走过。棉花糖看到山羊后，汪汪直叫。听到声音的汤米回头看了一下，却正好对上了山羊的目光。瞬间，他就像被某种力量控制住了似的，疯狂叫嚷着。

"打架吧。"

"快打啊。"

"打架吧。"

一句"打架"顷刻间像滚雪球一样越滚越多。"打架"声伴随着呐喊声一浪高过一浪，此起彼伏。

"停下！"甘妮和尼妮想要劝阻孩子们，但是都无济于事。煽动两人打架的声浪包围了安妮和吉尔伯特。

听到大家的声音，安妮突然打起了精神。

"吉尔伯特，你无视我的道歉，我们彻底完了，没必要再多说些什么了。"

愤怒不已的安妮，脸涨得比头发颜色还要红。安妮感觉自己脑袋里好像有火山在喷发，滚滚热浪朝着自己席卷而来。

"吉尔伯特，我再也不会见你了。"

啪啪！

安妮猛地转过身，她那长长的辫子恰巧打到了吉尔伯特的脸颊。

孩子们以为真正的战斗马上要开始了。他们无法判断安妮是故意打吉尔伯特，还是不小心打到的。但是现在没人在乎原因，大家都在等待战争的爆发。

被辫子抽打了一下后，吉尔伯特才清醒过来。他想要对安妮说没关系，但这时安妮已经走远了。

看到安妮和吉尔伯特错过了和好的机会，甘妮和尼妮都感到十分惋惜。

"姐姐，我们是跟着安妮去？还是留在这里？这个抉择比找黄金书签还难呢。"

听了尼妮的话，甘妮坚定地回答道："我们不能放任两个人不管，我们得为他们做点什么。"

甘妮、尼妮和戴安娜一路追赶着安妮。

戴安娜使出浑身力气喊道："安妮，你等等我们！"

甘妮也大声疾呼："你慢点走！"

尼妮跑着跑着停了下来，大口大口地喘着粗气。

虽然听到了大家的呼喊声，但是安妮却没有转过身去。此时，安妮的肩膀微微颤抖，她在暗自抽泣着。

我鼓起勇气想要……呜呜。他不接受我的道歉……我太羞愧、太伤心了。

戴安娜和甘妮、尼妮温柔地安慰着安妮。

"安妮，我们看到了你鼓起勇气的样子。你真了不起，非常棒！"

戴安娜紧紧抱住安妮说："这确实让人伤心。安妮。"

甘妮也安慰着她。在朋友们的劝慰下，安妮哭得更大声了。看到这种情况，尼妮心中暗自决定，一定要想尽办法帮助安妮。

"安妮，你不要着急。我去吉尔伯特那里替你问一问。"

尼妮悄悄地从那里溜走了。

第六章　误会再生误会

孩子们没有看到所期待的战斗，于是如潮水一般慢慢退走了。吉尔伯特家也终于恢复了宁静。

咣咣咣！

尼妮敲了敲房门，但是无人应答。尼妮再次敲门，并大声叫着吉尔伯特的名字。这时窗帘才逐渐拉开，窗户也打开了。

"尼妮，原来是你。我还以为是一群顽劣的男孩儿来骚扰我。你怎么看安妮？刚才为什么不说话？为什么不打一架？他们想了解的问题简直太多了。"

"我有话对你说。"

听到尼妮的话，吉尔伯特立刻打开了门，说："快进来说吧。"

吉尔伯特把尼妮带到了客厅。尼妮嘴里咬着吉尔伯特递来的曲奇饼干，说道："其实我也有跟他们一样的疑问。刚才那种状况下，你为什么不回答？"

吉尔伯特严肃地说："那我只告诉你一个人。"

尼妮竖起了耳朵。

吉尔伯特长长地叹了一口气，缓缓道来："我也不清楚当时为什么会那样。你也知道，我想跟安妮成为好朋友。我当然想接受她的道歉，并想当面跟她解释，我平时调皮捣蛋并不是真的想欺负她，那不是我的初衷。"

尼妮一口接一口喝着茶，回话："慢慢说。在这里我有很多时间。"

"刚才安妮直勾勾盯着我……我真的一句话也说不出来。当时我又激动又意外，那种情绪让我一时手足无措。"

尼妮点了点头，似乎理解了吉尔伯特说的话。

"谁要是一直盯着我看，我也会浑身不自在，不知道说什么好。别看我平时大大咧咧，能说会道的。"

吉尔伯特摇了摇头，说："我不是那个意思。当时，我的心跳得很快。"

　　尼妮一时不知说些什么。"吉尔伯特，你不是想跟安妮成为好朋友吗？"

心怦怦直跳……

吉尔伯特，我很佩服安妮，我也想像安妮那样勇敢地说出自己的想法。总之我来这里的目的是想告诉你，安妮以为你没有原谅他，还在生她的气，所以才没有接受她的道歉。

都是我的错。刚才我应该好好回答。

 事情还没有结束，你们还有机会和好。

你说得没错！对了，安妮喜欢吃苹果。我家地下室里有去年酿制的苹果汁。先把苹果汁送给安妮，之后我再去向她道歉。尼妮，你能帮我吗？

尼妮微笑着点了点头。

帮我好好转交给安妮。

用苹果汁作为礼物向人赔礼道歉，这真是个好想法！还有，帮助别人可是我的专长。

　　尼妮小心翼翼地拿着装有苹果汁的玻璃瓶，朝着绿色屋顶的房子走去。吉尔伯特精心挑选的果汁瓶非常漂亮。在阳光的照射下，苹果汁散发出金色的光芒，看起来像是一种神秘的药水。

　　"哇，虽然只是苹果汁而已，怎么看着这个好看啊？"

尼妮馋得咽了一下口水。

"我就喝一口，也没关系吧。"

她坐在树下轻轻打开了瓶盖。一阵香甜的苹果香气扑鼻而来。尼妮抱起玻璃瓶就喝了起来。醇香浓郁的果汁流入喉咙，清凉可口。

咕咚，咕咚。

如此美味的苹果汁，只喝一口根本就不能解馋。尼妮一股脑儿把一整瓶果汁都喝掉了。看到空瓶子的一瞬间，尼妮的表情一下子凝固住了。

糟糕！苹果汁喝完了！

尼妮猛地站了起来。

"出大事了。我竟然把苹果汁都给喝了！"

尼妮拿着玻璃瓶，焦急地在原地打转。

"要不向吉尔伯特再要一瓶？不行！我成什么人了！我也不能将空瓶子送给安妮呀……对了，我有魔法书！"

尼妮刚要从魔法书里拿出苹果汁，忽然停顿了一下。

"不能是一般的苹果汁！一定要是吉尔伯特家的苹果汁才行！"

我看看能不能弄到吉尔伯特家的苹果汁！

漆黑一片啊，
小心小心……

这时从魔法书里出来了一扇门。仔细一看，这是从吉尔伯特家客厅看到的地下室的出入门。一打开门，眼前出现了通往地下室的阶梯。

尼妮小心翼翼地走下楼梯，只见地下室里的架子上整齐排列着五颜六色的玻璃瓶。有腌制水果和蔬菜的瓶子，也有各种颜色的果汁瓶子。

应该在某个地方吧……

找到了！

尼妮一看到金黄色的玻璃瓶，就赶紧将里面的液体倒入手中的瓶子里。

"呼，快拿给安妮吧！"

尼妮拿起苹果汁，就马不停蹄地向绿色屋顶的房子跑去。

"安妮！"

听到尼妮的叫声，甘妮第一个跑了出来。

"尼妮，你一个人又去哪里了？你怎么总是消失不见啊？你知道我有多担心吗？"

尼妮讨好似的向姐姐眨了眨眼睛，于是两人一起进了屋。

 安妮，这个给你。吉尔伯特让我交给你的。

 尼妮，不需要。我刚才还说，我现在连吉尔伯特的"吉"都懒得听。

 安妮，你还是先收下吧。就算是看在尼妮的面子上。

 吉尔伯特对自己刚才的行为感到很后悔。所以让我代替他，把这个送给你。这是苹果汁。为什么偏偏是苹果呢？你应该能猜到是什么原因吧！

 苹果？安妮，看来吉尔伯特是真心向你道歉的！

 这次轮到吉尔伯特道歉了。接受吧，像个女王一样宽容大度，且优雅地接受。

 好吧，那我就收下了！你们要不要一起尝一尝吉尔伯特送的苹果汁啊？

安妮拿来了玻璃杯，每个杯子里都倒满了果汁。甘妮说。

"颜色真漂亮啊！太美了！不知道味道怎么样，让我来尝一尝……额，这是什么呀？"

甘妮捏着鼻子放下杯子。这时，安妮和戴安妮已经小口小口喝了起来。

"虽然不能说很好喝，但也不难喝。总之是一种很微妙的味道。不知怎么，就是想一直喝下去的那种味道。"

安妮说着一些含糊不清的话。

味道真的很微妙！

这时玛丽拉阿姨走了进来。

"这是什么味道啊？你们在喝什么？"

安妮的脸红扑扑的，她笑着说："吉尔伯特为了向我道歉，送给我一瓶苹果汁。我们正在喝苹果汁呢。用苹果汁表达歉意，这个主意不错吧！"

玛丽拉阿姨拿起瓶子闻了闻，竟吓了一跳。

"哥哥！哥哥！"玛丽拉阿姨慌忙叫来马修叔叔。

马修叔叔马上跑了过来，将安妮和戴安娜扶到沙发上。安妮和戴安娜还在叫嚷着要喝苹果汁，于是马修叔叔给两人灌了一大杯水。

安妮和戴安娜还在兴奋地手舞足蹈。过了一会儿，两个人沉沉睡了过去。当两人清醒过来的时候，已经是傍晚了。看到天色已晚，戴安娜害怕父母会担心，于是匆匆忙忙地回家了。

这时，玛丽拉阿姨已经做好了晚餐。连同甘妮和尼妮的那份，她也准备了。虽然晚餐很朴素，但也看得出来是精心准备的一顿饭菜。

安妮坐在餐桌前，气呼呼地说："玛丽拉阿姨，您的晚餐很棒，也很刺激食欲，但是我今晚不想吃饭了。不，虽然很想吃，但是气得我吃不下饭。吉尔伯特怎么会送来那样的礼物？嘴里说是道歉，其实还是跟以前一样在戏弄我！"

马修叔叔犹豫着开口说道："吉尔伯特会不会不是故意的呢？比如将果汁和酵素搞错了之类的。两个颜色确实很相近。"

玛丽拉阿姨说："安妮，不管怎样，我不能容忍你随意发脾气的行为。"

安妮从座位上猛地站了起来。"吉尔伯特，太让我生气了。"

玛丽拉阿姨严肃地说："安妮，坐在自己的位置上。"

餐桌上一片沉寂。

"不行，这次我不能再搞砸了。"

心生愧疚的尼妮打破了沉默，鼓起勇气向大家解释："对不起，事实上……"

尼妮坦白了自己犯下的错误，安妮也静静地坐回座位上。玛丽拉阿姨和马修叔叔用温和的表情看着尼妮。

尼妮刚说完，安妮就开口了。

"尼妮，你不用感到抱歉。我反而要感谢你，你为了我做了那么多事。我以为吉尔伯特又在搞恶作剧欺负我。误会之上再生误会，可能这也来自我对他的偏见吧。"

甘妮会心一笑说："明天又会是崭新的一天，是吧，安妮？"

咣咣！

就在这时，突然有人猛敲房门。

"玛丽拉阿姨、马修叔叔，请你们帮帮我。"戴安娜扶着门框，气喘吁吁地说。

"戴安娜，发生什么事情了？"

看到担心自己的安妮，戴安娜抽泣着说："我父母不知怎么了，突然争吵起来。阿姨、叔叔，请你们过去劝劝他们。"

玛丽拉阿姨扶着额头说："天啊！平时恩爱友善的夫妇呀，怎么会争吵不休呢！孩子，你一定吓坏了吧。别担心，我陪你去。"

马修叔叔默默地拿起帽子，提前走了出去。

当甘妮、尼妮和安妮一家人到达戴安娜家的时候，眼前的一切让大家大为震惊。从窗户扔出来的东西已经堆满了院子，到处都是一团糟。屋子里传来了大喊大叫的争吵声。

　　马修叔叔把安妮和戴安娜拉到自己身后。玛丽拉阿姨走上前，敲了敲房门。

　　"巴里先生，你能出来一下吗？我们一起聊一聊吧！"

　　这时，站在最后面的尼妮似乎发现了什么。

　　"啊，那是什么？"

　　好像有只动物越过了栅栏。那只动物身上有着褐色斑点，臀部是白色的，还有一条短尾巴。安妮喊道："那是山羊！那就是啃食书的山羊！"

　　尼妮握紧拳头说："竟然对那么可爱的山羊做出恶劣的事情！我真的无法原谅黑魔法师！"

　　甘妮说道："黄金书签说不定在山羊身上。我们先跟着它看看吧。"

　　孩子们暂时将大人们的事情抛在脑后，急急忙忙地去追赶山羊。

咩咩！咩咩！

山羊迈着小碎步跑走了。看起来跑得速度并不快，但是孩子们追得上气不接下气，仍然追赶不上它。山羊已经从房子后面的大街上穿了过去，跑向另一栋房子。

"那里是林德阿姨的家！"戴安娜喊道。

山羊用头撞开了大门，慢悠悠地走进了院子。

"那只山羊可真奇怪。为什么要去那里？"

听到安妮的话，大家都不解地歪了一下头。

就在这时，不远处传来了林德太太的尖叫声："你竟然以这种方式向我宣战，真是无礼！"林德太太怒气冲冲地走出家门，在吉尔伯特家的门廊上疯狂敲击。

安妮大吃一惊地说："林德夫人虽然总是喋喋不休，但她是个心平气和的人。怎么突然就变成这样了呢？"

尼妮指着房子后面说："看！山羊又跳出来了。它又要去别的地方了！"

山羊就像进出自己家一样，去了一家又一家。只要是山羊去过的房子，不一会儿就会传来激烈的争吵声。

"我知道了！那只山羊才是这场纷争的原因！"安妮恍然大悟，于是大声喊道。听到安妮的话，戴安娜吓得瑟瑟发抖。

山羊真的被黑魔法师诅咒了吗？太可怕了！

甘妮拍着大腿说："一定有办法解除诅咒，就像我当初被诅咒的时候一样。"

"只要抓到山羊就知道了！"话音未落，尼妮就迫不及待地朝着山羊的方向狂奔而去。甘妮紧跟着尼妮急忙跑了过去。

"我们也一起去吧！"

安妮牵着戴安娜的手一起跑去。

山羊巧妙地躲避着孩子们，大家费了九牛二虎之力也没抓到它。

"太累了，就这样跟着山羊跑是绝对抓不到它的。"甘妮喘着粗气说道。

这时安妮突然说道："刚才你们不是给我看了魔法书吗！从那里拿出山羊喜欢吃的草，怎么样？"

尼妮翻开魔法书，啪啪抖了抖，瞬间地上堆满了生菜叶。闻到新鲜生菜味道的山羊，高兴地跑了过来。

"很好，这次我们……"

尼妮又从魔法书里掏出了大网，然后将网扔到了埋头吃草的山羊头上。终于，山羊被网牢牢缠住，一动也不能动了。

咩咩——
咩咩——

山羊被抓住后，农舍里的争吵声也慢慢平息了，绿山墙又恢复了往日的祥和与宁静。

邻里之间竟然高声吵架，真是不应该啊，不应该。

真的很奇怪！我们也不知道刚才为什么吵架来着。就像被什么东西控制住了一样，突然就吵起来了。多亏阿姨来劝我，我才清醒过来。

是啊，我也不知道为什么火冒三丈。我这辈子从没这样过。

我要祈祷再也不要有这样的日子。

是啊，原本宁静平和的绿山墙农舍，家家户户都争吵不休。真是个奇怪的一天！

没错，太奇怪了。你们也都知道，我是绝不会做出那样的事情的。今天怎么会发生这么多稀奇古怪的事情？

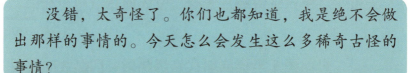

这么说来，今天在学校，安妮也突然莫名其妙地发了火。好像从那时候开始就不对劲儿了。

安妮来我们农舍，这件事本身就不正常。安妮不也是个奇怪的孩子。一个女孩子学习竟然那么好！

女孩子学习好怎么就奇怪了？还有安妮是特别，而不是奇怪。

鲁比为了讨好吉尔伯特，帮腔道："没错，不是安妮的错。那么或许……会不会是因为突然出现的旅行者的缘故？"

听到"旅行者"这个词，人们马上就开始骚动起来。

"是啊，自从旅行者出现后，我们农舍就开始鸡犬不宁。"

"一定是她们给农舍带来了某种不祥的东西！"

只要将旅行者赶走，一切问题都会迎刃而解！

第八章　陷入危机的甘妮和尼妮

"好了，这样山羊就不能轻易逃脱了。"

尼妮从魔法书中取出了项圈。但是就在这时，戴安娜无意中与山羊对视了一下。随后戴安娜便开始大喊大叫，并且捡起树枝挥舞起来。

"不是的，要把那只山羊赶走才行！"安妮被戴安娜的举动吓了一跳，说，"戴安娜，你怎么了？你从前不是这样的啊？"

尼妮抚摸山羊头时，一不小心也看了一下山羊的眼睛，紧接着就莫名发起火来："都要听我的！要给山羊戴上项圈！"

甘妮也震惊到了，她连忙抓住尼妮说："醒一醒啊，尼妮！你也被控制住了。都是因为这只山羊，大家才争吵的。"

安妮和尼妮一边劝说，一边使劲儿摇晃着尼妮和戴安娜。不一会儿，两人摇了摇头清醒过来。

"看着山羊的眼睛，突然就不知不觉地……"

听了尼妮的话，甘妮点了点头。

"是啊，那是因为当时被诅咒了。山羊身上的某个地方应该就有解除诅咒的机关……"

甘妮和尼妮仔细打量着山羊。

汪汪汪！

　　"山羊也没穿衣服，也没有戴耳环……山羊身上几乎找不到能够称之为机关的东西啊？"尼妮一边扒着山羊毛，一边嘟囔着。

　　"根本找不到诅咒机关，也看不到黄金书签在哪里……"甘妮喃喃自语道。

　　这时，棉花糖看着山羊的前蹄汪汪汪吠叫起来。

　　"找到了！"托棉花糖的福，尼妮在山羊前蹄上发现了一枚黑色心形贴纸。

尼妮想要用手去撕掉它，甘妮及时制止了她。

"等一下，尼妮！万一触碰的时候被诅咒，那该怎么办？"

甘妮从魔法书中取出了橡胶手套。

黑色心形贴纸刚被揭下来，就变成一缕烟消失不见了。

哟吼！

孩子们兴奋地欢呼起来。

这时，远处传来了人们的喊叫声。

"一定要把她们赶出农舍！"

农舍里的人们气势汹汹地朝着甘妮和尼妮走来。

他们叫嚣着要把旅行者赶走。安娜挡住愤怒的人群，并为甘妮和尼妮辩护道："她们俩一直跟我们在一起来着。她们没有惹出任何麻烦，是非常善良的孩子。大家争吵不休的原因在于山羊。这只山羊受到了诅咒，它才是问题的根源！"

巴利先生认为，这简直是无稽之谈。

"安娜，你的想象力太丰富了。以后把山羊的故事编成小说吧。难道我们是因为山羊才变得失常的吗？"

林德夫人摆了摆手，说："旅行者外表看起来像是善良的孩子。但是她们将不幸带到了绿山墙农舍，这是不争的事实。自从她们出现后才发生了各种奇怪的事情。"

自从旅行者出现后，农舍发生各种奇怪的事情。

甘妮和尼妮委屈地直掉眼泪："我们是为了拯救幻想王国而来的……你们太过分了！"

这时，玛丽拉阿姨对安妮说："安妮，先把旅行者和山羊带到我们的谷仓里吧。等大家都冷静下来后，再做定夺。"

　　"大人们为什么不相信我们说的话呢？我的想象力虽然很丰富，但我不是骗子啊！"安妮气愤地说。

　　尼妮也点了点头，说道："没错，为什么就不相信山羊被诅咒的事实呢？"

　　甘妮无奈地叹了一口气。

　　咚咚，有人在敲谷仓的大门。

"我能跟你们在一起吗？"

吉尔伯特一出现，安妮就闭上了嘴。吉尔伯特一直观察着安妮的脸色，不敢轻易开口说话。终于，吉尔伯特打破了沉默，说道："安妮，白天的事情，我想向你道歉。我当时心里很慌，没有及时回应你，这也导致让你产生了误会。"

不问青红皂白就用石板打你的头，我真的不该那样做。这是我的过错。误会你搞恶作剧欺负人，这也是我的错。还有白天也是我随意揣测你的心思，才产生了误会。种种事情，我都很抱歉。

我没有把山羊带到学校。但是我也有不可推卸的责任。

什么？

我在安妮的储物柜里放了一束野花。也许是因为这个原因，山羊才对你的储物柜感兴趣的。那束野花里还有山羊喜欢吃的紫云英。

你竟然送我一束野花？为什么？

我看你平时很喜欢花，所以就……上学路上我看到紫云英和紫罗兰开得很漂亮，就想着……

所以说，你为什么会想到我……

　　安妮和吉尔伯特的脸同时变红了。突然，大家感觉到一种微妙的气氛。尼妮看着两个人的神情，哈哈大笑。

这样就对了。互相敞开心扉，好好交流，多好啊！哈哈哈。

你也成长了不少呀，尼妮。还能解决疑难问题了。

谷仓里的气氛顿时高涨起来，大家的脸上都露出了开心的笑。甘妮、尼妮、安妮、戴安娜和吉尔伯特在一起愉快地交谈着。他们暂时忘记了现在的处境，尽情享受着当下的快乐。

哈哈哈！

但是快乐的时光总是短暂的。马修叔叔走进谷仓说："很遗憾跟你们说这样的话……等明天天亮了，请你们带着山羊离开农舍。我会开车送你们到幻想王国的国境线那里。"

听到叔叔的话，大家都变得沉默不语。

吉尔伯特默默地在谷仓里踱来踱去。戴安娜蹲坐在地上，双手抱腿，把头埋在膝盖里。安妮紧闭双唇，陷入了沉思。甘妮轻柔地抚摸着山羊的背，自言自语道："你知道黄金书签在哪里吗？"

山羊好像在回应甘妮似的，咩咩地叫了两声。

尼妮紧紧抱着棉花糖，无力地垂下了头。这时尼妮发现地上的稻草似乎在朝着一个方向移动。她猛然站起身来。

 **这个仓库有点奇怪。**

地上的稻草正向着地面和墙壁连接的缝隙处缓慢移动着。

甘妮看都不看一眼，反驳道："尼妮，别开玩笑了。我现在没那个心情。"

稻草越聚越多，没过多久，巨大的空气漩涡将稻草卷到半空中旋转不停。孩子们害怕碰到旋转的稻草，一步一步向后退，小心翼翼地聚到一起。

尼妮说得对！稻草正在被吸入那个缝隙之中。

"什么呀？是老鼠洞吗？如果是老鼠洞，未免也太大了吧。"

听了安妮的话，甘妮一脸担忧地说道："不是，那是一个黑洞。它正在把附近的东西都吸进去，而且还在不断变大。"

现在黑洞已经达到可以吞噬一堵墙的程度了。在强大吸引力的作用下，周围逐渐形成了一个巨大的漩涡。

"姐姐，就像多萝西的房子一样，整个仓库会不会飞起来啊？"尼妮用力地拥抱着朋友们问道。

哗啦哗啦——

　　"我们不是飞走，而是会被吸到黑洞里吧！"突然，吉尔伯特大喊道。

　　"山羊要被卷进去了！"

　　"一起把羊拉住，我们几个也不能分散开！"甘妮大声疾呼。就在这紧急关头，尼妮将手放进魔法书里拽出了托尼。

托尼，快点变成防风帐篷！

托尼瞬间将身体拉长后盖住了孩子们，随后将帐篷的边缘牢牢固定在地面上。顷刻间，谷仓的其余部分也被吸进了黑洞。

安妮松了一口气说："呼，我们终于得救了。能够活下来就是值得庆幸的事情。而且还是和珍贵的朋友们一起。"

农舍里的人们也听到了大风呼啸的声音，随后就看到谷仓突然消失不见了。大家急忙跑了过来。

"这到底是怎么一回事？"

"我们家戴安娜还在那里！"

"我们快去看看吧！"

马修叔叔和玛丽拉阿姨最先跑了过来。谷仓不翼而飞，原来的位置上出现了一个黑色的大洞，这些都让马修叔叔和玛丽拉阿姨感到吃惊，但是他们更担心孩子们的安危。

狂风渐渐平息，而托尼依旧怀抱着孩子们。马修叔叔和玛丽阿姨掀开帐篷的一角，钻了进来。

"孩子们，你们都还好吗？"

就在这时，山羊从敞开的缝隙里溜了出去，然后朝着黑洞一路狂奔。

汪汪汪！

棉花糖飞快地追出去咬住了山羊的后腿。

不行！

瞬间，尼妮飞身扑去，同时抓住了山羊的后腿和棉花糖。甘妮也急忙抓住了尼妮的腰。

"朋友们，快帮帮我们！"

听到甘妮的求救声，吉尔伯特一把抓住了甘妮的腰。

"吉尔伯特！你怎么可以碰淑女的腰呢！"戴安娜大惊失色。

尼妮用更大的声音喊道："不管是淑女还是绅士，先活下来再说吧！"

话音刚落，安妮也紧紧抓住了吉尔伯特的腰。

吉尔伯特心里一惊，但还是装作若无其事的样子喊道："戴安娜，你也来帮帮忙！"

戴安娜抓住了安妮。托尼也抱住了孩子们。

刚刚沉寂下来的黑洞，再次涌出一股强大的力量，想要将山羊吸进去。

"只是一只山羊而已，放开它吧！"

农舍里的人们都在劝说孩子们放弃山羊。其中还有人喊放了旅行者。这时，托尼急忙向人们解释道："黑魔法师为了寻找黄金书签，对山羊施了诅咒。那之后，山羊所到之处就会引起各种纷争。山羊身上一定有黄金书签。我们绝不能放了它！"

尼妮用上了哭腔。

求你们了，不论是谁都来帮帮我们吧！

听到"不论是谁"四个字，人们一个接一个跑了过来。农舍里的人们一齐抓住了孩子们。

"好，我喊一二三，大家就一起用力拽！"

按照尼妮的口号，大家同心合力对抗着邪恶的黑洞。在所有人的共同努力下，黑洞最终败下阵来，逐渐开始变小。

下次再跟你较量！

最后，黑洞发出一声阴森恐怖的悲鸣声，消失不见了。

黑洞的吸力一消失，人们纷纷扑通扑通栽倒在地上。但是大家很快就站起来，抖了抖身上的灰尘，随后马上照顾起旁边的人。甘妮、安妮、戴安娜和吉尔伯特迅速跑到前面，将紧抱住山羊和棉花糖的尼妮扶了起来。

这时，托尼也来到甘妮和尼妮身边，温柔地拥抱两人。

"尼妮，防风帐篷真是个好主意！不愧是英雄，你拥有非一般的想象力！保重啊！要把黄金书签安全带回哦！"说完，托尼就不见了。

尼妮又仔细观察了一下山羊。

 山羊身上有黄金书签？没看到啊……难道是给吃了？

英雄少女啊，你已经知道答案了。

 那么……莫非……我们要等到它拉屎吗？

听到尼妮的话，安妮严肃地说："尼妮，虽然是对山羊，但是我们也得文雅一点啊。比如用'方便'之类的词语，是不是更好一些？这可是很重要的任务呢！"

这次尼妮看着山羊，温柔地说道："山羊，你能不能快点方便一下？"

山羊好像听懂了似的，咩咩叫了两声后，开始浑身用力。

咕噜，咕噜，咕噜噜噜，扑哧！

山羊铆足了力气，终于"方便"出了黄金书签。

"黄金书签出来了！"尼妮大声喊道。

"谁去拿它呀？干脆我们用猜拳决定吧？"

安妮刚说完，尼妮就站了出来。"没有那个必要。"

于是她从魔法书中掏出了夹子。她先用夹子夹起黄金书签，然后又拿出冲洗机洒水洗刷，之后用湿巾擦拭，再用消毒水进行了全面消毒。

“现在摸它也没问题了。”

甘妮话音刚落，尼妮就挡在了前面。

“等一等，姐姐。已然做到这个程度了，那么再……”

尼妮从包里拿出香水，对着黄金书签喷了几下。

“这是迄今为止找到的书签中味道最好闻的一枚。果然是个好主意啊！”

甘妮笑着称赞了尼妮。

一阵喧嚣过后，绿山墙农舍又恢复了往日的宁静。烟囱里升起了袅袅炊烟，窗外传来了孩子们银铃般的笑声。大家齐心协力守护住农舍的事情，将成为漫漫长夜里家家户户共同谈论的话题。

做让人幸福的事

平时坚强勇敢的红发安妮，也经历过阴郁的日子。请制作一份让自己的心情多云转晴的专属目录。就像是执行任务一样，一个一个做下去的话，不知不觉心情就会变好了。任何想做的事情都可以写在空格中。

睡觉	闻一闻自己喜欢的味道	画画		唱歌	散步
挑战没吃过的食物		去游乐场	模仿视频跳舞	听音乐	见一见小动物
拥抱家人	洗个热水澡	抄写名言名句	尽情奔跑	询问朋友或家人自己的优点是什么	帮助陌生人
吃好吃的		到没去过的地方	在小区里寻找3只猫	联系朋友	逛超市
读书	玩游戏	看自己喜欢的偶像照片	在镜子前做鬼脸	给喜欢的人写信	

名著聊天室

托尼将甘妮和尼妮邀请到聊天室里

 我就知道你们会跟红发安妮成为好朋友。

刚开始看到安妮伤心无助的样子时，我们也吓了一跳。但是安妮真的很可爱，而且很勇敢，想象力也非常丰富。

嗯嗯，像我似的。

 哈哈哈，没错。你们都很坚强勇敢，还能想出各种新奇的好点子！

尼妮，你读完《红发安妮》了吗？那本书还挺长的。

我看过漫画版的《红发安妮》。我还有安妮卡通版人物的明信片呢！

 哦，原来如此。不过你还是要看一下原著啊，书中的故事令人动容。

没错。我被感动得眼泪哗哗直流，心都要碎了。

这本书出版于1908年……100多年来深受世界各国读者们的喜爱，一定是有理由的。之后的续篇也有9部呢！

那么多？

原著里有很多精彩的台词，人物描写也栩栩如生，仿佛绿山墙农舍就在眼前一样。

我得赶紧去读一读了。等我读完了，我们再一起讨论《红发安妮》吧。

等一等！"安妮"这个角色如此生动且充满魅力，我来告诉你是什么原因吧。

露西·莫德·蒙哥马利

1874年11月30日—1942年4月24日
加拿大女作家

露西·莫德·蒙哥马利出生于加拿大爱德华王子岛的克里夫顿，这里也是《红发安妮》故事的创作背景地。露西与主人公安妮有很多相似之处。比如两个人都是从小就失去了母亲，都是满脸雀斑、瘦骨嶙峋的女孩儿，并且大学毕业后都当了教师。安妮生活的绿色屋顶房子，实际上就是露西住的地方。以至到了今天，绿山墙农舍成了一个闻名遐迩的旅游景点，每年来访者无数。

露西和安妮一样喜欢编故事。她喜欢认真记笔记，把看到和感受到的东西写出来。《红发安妮》也是露西从小时候写的备忘录中得到灵感，开始着手创作的。手册上写着"一个农夫打算从孤儿院收养一个男孩作为养子，不料阴差阳错，孤儿院送来了一个女孩儿"。大家一看就能想起安妮的故事吧？

露西的小说是顺利出版的吗？并没有。《红发安妮》创作完成后，露西寄给了多家出版社，但都被拒绝了。但是她并没有放弃。2年后，露西再次把原稿寄给了美国波士顿的一家出版社，多亏了慧眼识珠的编辑，这部作品才得以问世。

《红发安妮》故事情节一波三折，引人入胜，安妮坚强乐观的形象更是让人掩卷难忘。《红发安妮》一经出版就俘获了众多读者们的心，很快成为畅销书，之后接连出版了多部续篇。作品曾被多次改编成电影、漫画和连续剧等。露西一辈子笔耕不辍，耕耘成果累累，共创作了20多部长篇小说，以及许多短篇小说、诗集等。她的作品影响力遍布全球。

图书在版编目(CIP)数据

红发安妮战黑魔法师/(韩)智迪莉著;赵英来译;(韩)李景姬图.
—福州:海峡文艺出版社,2023.11(2024.1重印)
(魔法图书馆)
ISBN 978-7-5550-3526-8

Ⅰ.①红…　Ⅱ.①智…②赵…③李…　Ⅲ.①儿童故事—图画故
事—韩国—现代　Ⅳ.①I312.685

中国国家版本馆 CIP 数据核字(2023)第 207394 号

〈간니닌니 마법의 도서관: 빨간 머리 앤〉
Copyright ©2021 by 스튜디오 가가(加嘉工作室),Story by 지유리(智迪
莉),Illustration by 이경희(李景姬)
All rights reserved.
The simplified Chinese translation is published by FUJIAN HAIXIA LITER-
ATURE AND ART PUBLISHING HOUSE CO.,LTD. in 2023,by arrange-
ment with BOOK21 PUBLISHING GROUP through Rightol Media in Chengdu.
本书中文简体版权经由锐拓传媒旗下小锐取得(copyright@rightol.com)。
著作权合同登记号:图字 13—2023—103 号。

红发安妮战黑魔法师

[韩]智迪莉　著　　赵英来　译　　[韩]李景姬　图
出 版 人　林　滨
责任编辑　邱戊琴　林　颖
出版发行　海峡文艺出版社
经　　销　福建新华发行(集团)有限责任公司
社　　址　福州市东水路 76 号 14 层
电话传真　0591—87536797(发行部)
印　　刷　福州德安彩色印刷有限公司
厂　　址　福州市金山工业区浦上标准厂房 B 区 42 幢
开　　本　720 毫米×1010 毫米　1/16
字　　数　80 千字
印　　张　8.25
版　　次　2023 年 11 月第 1 版
印　　次　2024 年 1 月第 2 次印刷
书　　号　ISBN 978-7-5550-3526-8
定　　价　29.00 元

如发现印装质量问题,请寄承印厂调换